Xiron Poetry Club

磨 铁 读 诗 会

南人诗歌绘本

南人 著　　黄丽 绘

痛苦
典当行

内蒙古人民出版社

诗，画，都可以成为解药，治愈心病。

画，如 X 光片；诗，如药方。

目 录

A. 命如蛐蛐

D. 水落石出

A
命如蛐蛐

纷纷扬扬的雪，挤在鸟的背上……

城市

鸟们
挤在一根天线上

纷纷扬扬的雪
挤在鸟背上

洗脸

对着一盆水
我洗脸
先是眼镜掉下来
然后是假牙掉下来

我拿着毛巾狠搓
眉毛紧跟着掉下来
眼珠掉下来
鼻子和嘴巴都掉下来

洗完我端起这盆水当一面镜子
看到我的眼睛、鼻子和嘴巴都在

脐带

手机厂是手机们的家
每台手机出生后不久
就被父母们卖了

买手机的人
都能从装手机的盒子里
发现一张写满字的纸条
还有附送的一截脐带

豹子

每天采集食物
喂养心中的豹子
它是我生命最真实的部分
让我从不忘自己
是个动物

它一天天长大
我一天天胆大
月光掠过它的皮毛
我会心底一颤

我一生的矛盾
都来自这只豹子
我喂养它用以自卫
却害怕它出来伤人

肋骨的牢笼
越来越显得
苍白无力

轻

拿起一把剪刀
朝照片上长得没有哪儿不像我的那个家伙的
脑袋
一刀剪去

而剩下的事情该如何了结
就这样手持凶器面对一张剪去脑袋的照片
像一个自杀后的木偶？

刚满一岁的女儿走过来
从我的手中将剪刀拿走

在一片空旷的花园里
她把一件凶器当作自己的玩具

无线蓝牙耳机

被声音咬过后
我的耳朵上
一左一右
留着两个
蓝色的
牙印

削梨

对面
一只未削开的梨
丰满而安静

我拿起刀子
它还是那么安静

我恶狠狠地把它吃进肚子
我想让它的丰满与安静
在我的心底
潜伏下来

骨牌

我有两个朋友
一个叫 A
一个叫 B
他们叫我 C

我们两男一女
我们都没有结婚

眼看着大家年龄都大了
我觉得再撑下去没什么意思

我就说
明天你们两个把我火化了吧
然后，你们就结婚
为了记住我

请把我的骨头做成一副骨牌
想我的时候
你们就好好玩上一把

情人节前夕的两声鸟叫

我本已打算好了
明天一定去见你
可我想着这件事的时候
先是听到乌鸦叫了一声
后又听到喜鹊叫了一声

其实，我早已经是一个
可喜可悲的人
一切都随意
一切又寻常

而这两声鸟叫
硬是叫得我没了主意
不知道是喜是悲
更不知道还有没有必要
再去见你

信任

她
被骗一次
就会愤怒一次
然后在背包里装一把刀

如今
她有十倍的愤怒
背包里已有十把尖刀

今天遇见她
她的美丽让我心动
孤独让我们互相吸引

可想着她内心攒下十倍的愤怒
想着她背包里装着的十把尖刀
掂一掂我背包里所剩无几的感情
我赶紧收拾起最后一丝善良然后

拔腿就跑

三个胖子

遭遇恶性车祸
侥幸未死
侥幸未伤

用钥匙开开家门
已经夜深
黑咕隆咚的
可我还是在黑暗中
听到了三个声音

"儿子，你回来啦！"
"老公，你回来啦！"
"爸爸，你回来啦！"

她们的声音很轻
声音的后面
都瞪着大大的眼睛

我装出一副若无其事的样子
吁一口气
"老妈、老婆、孩子，我回来了。
被你们派出去的三个胖子
平平安安地拽回来了。"

回乡偶书

故乡是一声闹铃
城市是一条被窝

回乡路是母亲
长长的手臂

将我从被窝里
拎了出来

命如蛐蛐

出差
经过许多城市
那里都有同学好友
我从不打扰

他们如我一般
命运如蛐蛐
一天到晚
啾啾
啾啾
我再去打扰
他们就会
啾啾啾啾啾啾
啾啾啾啾啾啾

衣服泡在水里

衣服泡在水里
像我最要好的一位朋友
昨天刚和我一起吃饭一起散步甚至
一起跳舞一起睡觉
今天　突然溺水而死

看着洗衣粉投进去
水一下子变得肮脏
我不相信死亡竟是如此不干不净

望着越积越厚的泡沫
想着朋友生前那些
不愿提及的伤痛

洗好　晾干
妻子重又将它们披在我的身上
我怎么也无法相信
我会带着它们
再一次
走向死亡

湖面

你看到的
是湖面上一艘艘游船

我看到的
是湖面上一只一只漂浮的鞋子

所有在夏天溺水而死的生命
此刻全都倒立着
脚在水面
身在湖底

秦腔

在北京打工的咸阳女子说
她们村里秦腔唱得最好的
这几年全都死了
有的出车祸
有的上吊
因为他们唱的全是死人
唱得时间长了阴气缠身
到头来一个都没有剩下
现在村里再没人敢唱了

我说
是不是他们唱得太好了
人爱听
鬼也爱听

她使劲点头
并且不停地惋惜
唱得最好的那个女子

是全村最最漂亮的女子
常常听到她家里吵架
最后也给唱死了
她唱是真唱
她流泪是真的流泪

一夜头白

藏在心里的鬼
憋了几十年了
终于朝我的头顶
开了一枪

所有的乌鸦
全跑了
只剩满山
雪白的枝丫

我把自己种在花园里

在一座与世隔绝的花园里
我席地而坐
晒太阳
我把自己
切成
一小块
一小块
一小块
每天埋一些
在土里

我盼望着明年春天
有人从我头顶飞过
看一看花园里
是有一块人形的草皮
还是有一块人形的阴影

孤岛

快递小哥
划着船
将食物
送到岛上

海面上
漂满了
白色餐盒

坠落

纵身跳下
没有人会接住我
除了

呼
呼
的
风

它快如闪电的话语
句句都在告别

B

— 黑白真相

墓中一堆白骨，是我从人世间偷来的光……

各路神仙

回到家里
他发现财物被洗劫一空屋里狼藉一片
佛祖耶稣菩萨像关公财神爷和转经筒
供奉的各路神仙横七竖八躺倒了一地
不知道是谁破门而入痛扁了他们一顿
还是趁着家里没人他们自己干了一架

返猪现象

有些问题
被问起的时候
你不能回答是
也不能回答不是
只能支支吾吾
回答一个嗯字
可你一个劲儿地
嗯嗯嗯嗯嗯嗯嗯嗯
听着就像
猪在哼哼

铁

在铁里游泳的
除了锈之外
还有一些

铁一样的想法

铁们

一块吸铁石
吸住了
许多铁
紧密
团结

他命令它们
赶紧行动起来
做成刀
做成剑
做成枪炮
赶紧去战斗

铁们
全都听见了
可一个个
全都
动弹
不得

麦穗

这些金黄的麦穗

挺直了腰杆

看着

路过的雨

路过的云

以及

路过的阳光

是谁把它们的耳朵割了

它们空举着天线般的芒刺

却无法收听到现实的风声

玻璃

玻璃在我身上
找到了血

我说血是我的
可血流不止

手术台

雪白的空间
一滴血在那里走着

无影灯下
他们把我的裸体
铺展在台上

我眼看着他们
抚弄着我的血
用麻药将我灌醉
用手术刀在那里说说笑笑

定时炸弹

许多年来
母亲给我做的饭
母亲给我吃的药
现在都成了我
体内的
定时炸弹
每年母亲节这天
它都会准时引爆

过去
她会把我每一寸炸坏的皮肤
像衣服一样缝缝补补

现在好了
我身上被炸出的弹坑和洞
不管是醒着还是睡着
它们都
张着大口喊饿

糖衣炮弹

得了糖尿病后
才发现一个秘密
那些
好吃的
好喝的
一日三餐
各种饭局
原来藏着
许多狙击手
你敢多吃
它们就会射击
日积月累
终成正果

如今我手握确诊结果
耳畔一阵阵响起
子弹炮弹的呼啸——
乒——
啪——

嘟嘟嘟——
轰——
嗒嗒嗒——

这出乎意料的结果
居然让我有了一种
英雄气概
能走到今天
我也是穿越枪林弹雨而来

牧羊人

我是一匹牵着羊群的狼
它们的祖辈早已被我吃光
因为这一个错误
我不得不将这群可怜的羊儿抚养
青青的草原上我老眼昏花
握紧赶羊的鞭儿
走进那一片夕阳

047

首领

废旧的沙发
丢在荒野中的垃圾场

它并没有混在所有垃圾中间
而是被安放在芜杂混乱中
难得的一块
清静之地

看上去就像
垃圾们的
首领

生命之间

寒冷的冬天
她把瑟瑟发抖的婴儿
抱在胸前
为他取暖

仔细看时
她抱着的是一块火红的木炭
她在给自己取暖
瑟瑟发抖的是
那一团
火焰

200亿元

因为新冠疫情
机票退票的票面金额
已超 200 亿元人民币

这些本来在天上飞的钞票
现在全都坠落尘埃
变成了米面油
变成了水费电费煤气费
变成了口罩手纸 84 消毒液

有的甚至变成了
挂号费医药费丧葬费
从此再没能飞起来

旅行

一辈子都在旅行
有风景就停下来
看
到了世外桃源
就住下来
终老一生

这多像我们身体里的病
一会儿这儿停停
一会儿那儿停停
停得久了
你就得大病一场
停在一个地方再不走了

你的一场绝症啊
却是它的一道
最美的风景

那些过早死去的孩子们

坟太小
小到
大风刮上几次就抹平了
小到
大人们念叨几次就忘光了

这些
短短的命
这些
小小的鬼

我们听到的黑暗和悲伤

一根
盲杖

是大地这张唱盘上的

一枚
唱针

黑白真相

一只黑黑的乌鸦
站在我的墓碑上

一群黑黑的乌鸦
站在我的墓碑上

一代接一代黑黑的乌鸦
站在我的墓碑上

它们的叫声
不是翻译碑文

它们呼叫掘墓人
掘开我的坟墓
打开我的棺椁

墓中一堆白骨
是我一辈子
从人世间
偷来的

光

人类史

人类进化
从挺起胸直立行走开始

人类文明
从遮羞的几片树叶开始

人类历史
不过是
一些人扯下另一些人遮羞的树叶
一些人将另一些人重新打趴在地

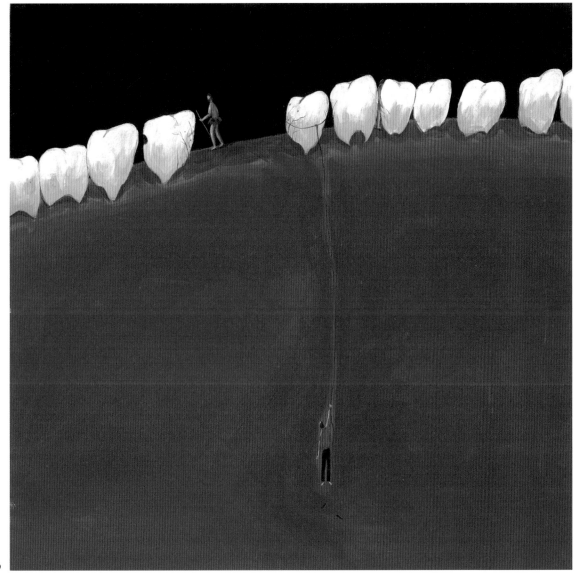

酒鬼

前面踉踉跄跄
飘来一个酒鬼
我手起刀落

定睛一看
鬼跑了
酒洒了一地

剩下一个肉坛子
不知是谁的

陆地

六年前
母亲走了
两天前
外婆走了

母体
母体的母体
全都走了

深爱我的
陆地
全都
沉入了海底

C

数字孪生

孤独醒着，如一根秒针……

痛苦典当行

我开了一家当铺
专门收购痛苦
因为我相信
痛苦值钱

刚一开张
门庭若市
人们在这里放下痛苦
拿着白花花的银子出门

第二天
人们发现了惊天秘密
把痛苦全都典当出去的
一出门就会飘飞起来
浮在半空无法落地
因为地上没有影子

典当了一半痛苦的
走路飘忽不定

再无法站稳脚跟
地上的影子时有时无
让人搞不清是人是鬼

典当了少量痛苦的
一会儿头晕
一会儿心跳加速
走路频繁摔跤
地上的影子忽明忽暗

第三天
我的当铺
再次门庭若市
那些典当痛苦后
加倍痛苦的人们
用双倍的价钱
从我这里
赎回了他们
最初的苦痛

梦

船马上要开了
去年你就是
坐这班船离开的
现在
我也坐上了这班船

站在船舷边
看着岸边
送别的人群
我朝他们挥手
突然发现
我也站在岸边
登上船的
只是我的灵魂

船已经开了
我大声喊着
我岸边的身体
眼泪都快急出来了
可是他听不见
船上和岸边所有的人
全都听不见

失眠的人

深夜
失眠的人
偷偷掀开每家每户的被子
时针和分针们都安静地躺着
大声或小声地打着呼噜

他一点儿都没有动偷窃的念头
孤独醒着如一根秒针

跳楼记

我还记得从二楼摔下去的时候
两腿发麻有点儿头晕
现在我搬到了六楼

每次吃饭
我都会站到阳台上
把一根头发扔下去
把一块肥肉扔下去
把一截骨头扔下去
把一棵可能会卡在喉咙里的鱼刺扔下去
然后我若无其事地跑下楼去看

那些头发肥肉骨头和鱼刺
到底摔坏了没有

杜冷丁

腰间骤疼
咬牙赶往医院
查出肾结石
打一支杜冷丁
疼痛顿解

这传说中的"毒品"
如一轮烈日
将我的水分瞬间蒸发

只剩一小块石头
也不知道是不是灵魂
孤零零地躺在床上

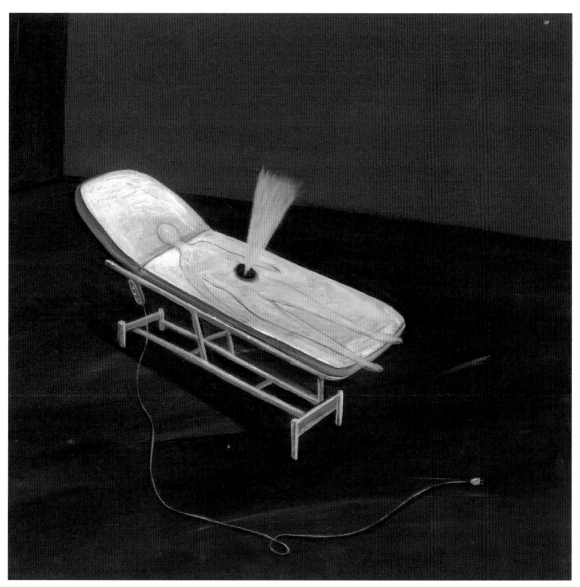

世界多美丽

漫山遍野的鲜花
再次告诉我

看
世界多美丽

我看着它们
努力生长
满脸真诚的样子

好吧
我就再信你们一次

时光

那些建筑
从地上长起来
由新变旧
中间会有几次
刷新
翻修

白云
没几天就会路过一次
看着这些建筑
默不作声
最多下一场雨
洗洗

我在窗前
每日观看这一切
觉得
有些东西
正从我的身体

抽离
有些东西
正在我的体内
沉淀

我的体重
时增时减
但一直是
时间的重量

体内

外面太吵
我用两根手指插进耳朵
马上听到了
体内的声响

先是呼呼的风
哦，我的体内关押着风

然后是机器轰鸣
哦，我的体内关押着一座工厂

接着是远处海浪拍打渔船礁石的声响
哦，我的体内关押着海、渔船、礁石

再听到烈火燃烧引发的一串爆裂之声
哦，谁在我体内放了一把火

我赶紧松开手指
哦，还是外面安静

数字孪生

未来世界
现实的我
数字的我
共生共存

我为他打工
每天采集数据
实现虚实同步

他为我打工
反复为我计算
未来前途命运

时光是一堵透明的墙

时光是一堵透明的墙
死去的人在墙的另一侧
清晰地打量着我们
打量着他们留在岁月里的遗照
照片发黄、褪色、斑驳
是他们的手无数次触摸所致

他们无数次触摸的照片
也有我们的
一起发黄、褪色、斑驳
摸着摸着
他们就突然拉住了我们的手
一瞬间将我们
拉过墙去

1917年的草地

草地上
一个士兵死了
另一个士兵抱着他

风吹着士兵的头发
像吹着一块草皮

空格

次日
我驱车行驶在大街上
不时听到咯噔咯噔的声响
似有被关押进地下的灵魂
用脑袋撞击这铁板一样的道路

我揉揉眼睛向前看去
宽阔平坦的长街上
突然冒出来
许许多多的

空格

碑

这些墓碑上的文字
是死者的最后一口气

有些
是死者
吐出来的

有些
是人工呼吸
吹进去的

马航

快一个月了
马航 MH370 还是没有找到
我站在广场上大喊

马航——
马航——

我看到一个小朋友
向我跑来

半夜，收音机突然响了起来

半夜
关了的收音机突然响了起来
惊醒的我
听到的全是一连串的噪声
一两分钟之后它就停了

后半夜
惊恐的我坐卧不宁
我觉得上帝告诉了我一个最重要的消息
我必须马上通知所有的人
可我一句也没有听懂

巴黎圣母院

一场大火
折断了人类用了800多年的
一根天线

教堂内的影子

平静地
就这样坐着
没有一个人

长长的椅子随时针移动
钟声
掠过城市音乐
掠过祈祷

幸运者和不幸运者并肩坐在我的对面
他们把自己的影子摊在我的腿上

夜归

一盏一盏
依次打开
每个房间的灯

那些在黑暗中住着的灵魂
你一开灯就会顷刻间将它们
全都赶走

所以
开灯不能开得太快
好让那些灵魂
从容地
穿上隐形衣
并且
有尊严地离开

尘埃里的生命

秋天的落叶
铺满大地
踩在上面
有骨折的声响

每片叶子
都是一只听筒

D

水落石出

许多年后，我在荒野中发现了我的门牙……

生命之爱

新的一年
请继续朝着阳光生长
发芽吐绿开枝散叶
不朝向任何人
更不要弯曲

你想发力
就必须潜入黑暗
紧紧抓住脚下的星球

你需要长得更高一点
要么看见你喜欢的人
要么被你喜欢的人看见

某个时刻，我遇到了上帝

在某个时刻
一切都是静止的
阳光，树叶，远处的山峦
我也是静止的
双腿僵直
两眼发木
我把所有的关系都弄僵了
下不了台

这时候需要一阵风
看不见摸不着
像上帝的一只手
把树叶拨动
让白云飘飞
让阳光投下忽明忽暗的影子
而我
用不着道歉
用不着调解
只需要重新抬起两腿走路
重新张开嘴巴说话

当——

钥匙
一不小心
碰了一下铁栅栏
当——
它发出一声
清脆的回响

那一刻
我发现
不锈钢也是液体的
并且
深不见底

捉迷藏

自从知道地球是圆的
我就把它当成一块石头
一直躲在它的背后

有那么一刻

下雪了
趁着没人
我在雪地上小跑起来
像只开心的小狗

转过墙角
看到另一个人
也像小狗一样
欢快地奔跑

四目
相对
我们
不约而同
迅速恢复了人形

夜

这磨砂般的黑色
摸着就是舒服

安心睡吧
亲爱的
腿再长
也不会伸到
这黑黑的被子外面

后半夜

后半夜
月光在扫着大街

鸟的自由

鸟的自由不在于飞得多高飞得多远

鸟的自由
在于
那些鸟粪
可以在人间
随意抛洒

有鸟飞过

两眼仰望星空
目光在天上行走

左眼踏着树梢
右眼踩着星星

一步
一步

突然间
有鸟飞过

这长着翅膀的
小猫
小狗
天猫
天狗

请对鸟儿好一点

告诉你一个秘密
灵魂出窍后
前半程
是它自己往天上飞
后半程
是鸟儿叼着它飞

湖

记忆的湖底
有许多尸体

你想
它们就会
浮上来

你很想
它们还会
翻转身子

你不想
它们就会
永远沉底

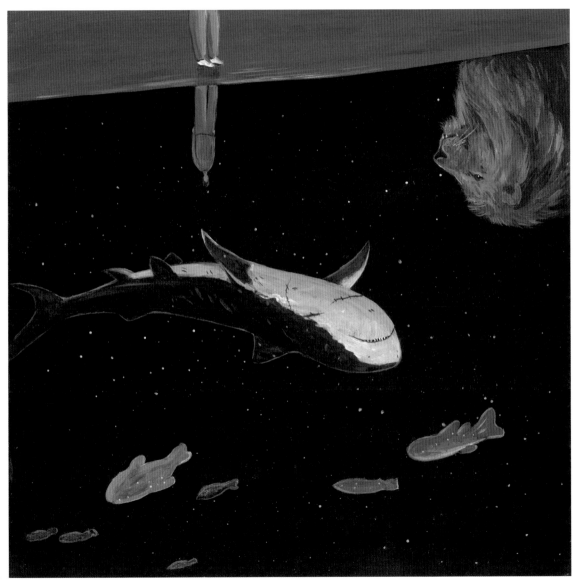

真爱

爱过的一切
如水中的倒影

晃动着的
是记不清的

静影沉璧般的
是忘不掉的

风翻动着一页页水面
等你喊停

水落石出

人的前半生
水分日渐充盈
潮水一天天涨起来
落花倒影
过往的船只
搅动心灵

人的后半生
水分日渐消退
潮水一天天落下去
骨头，结石，真心话
鹅卵石一般
粒粒显现

门牙

许多年后
我遇见我童年时掉落的

门牙

它长大了
静静地矗立在荒野之中
上面写着

我的名字

烟花之夜

是谁发明了
这烟花

灵魂出窍
如此光芒万丈

瞬间
点亮夜空

骨灰
七彩般
撒向星辰大海

有没有一道闪电把你惊醒

深夜的一道闪电
是天上的母亲
腹部的妊娠纹

她说
她又给黑暗中的我们
生下了星星

基因的互相备份，延续了这世界

纵向的备份
是遗传

横向的备份
是相爱

后记

30余幅画作，你见过这么生动的X光片吗？70余首诗，你见过这样的解药吗？

有药可治，心就不慌，生活也会渐渐坦然。

痛苦是典当不出去的，这些诗画，这些心药，期望它们能减缓你的痛苦，化解你的痛苦，让你痛中也能坦然甚至快乐。

特别感谢画家黄丽的倾情合作。画作色彩强烈、爱憎分明、想法奇诡，这让诗中的苦痛与真相更加逼真鲜明、淋漓尽致，兼之画风大气开阔、精准对位，能让你每个毛孔都在微风细雨中被触摸和抚慰。

这本诗画绘本的创作，本身也是一次挑战、一种献身，诗画作者首先跳到手术台上，躺在聚光灯下，迎接手术刀的光芒和射线的检视，努力让生命的价值与内心的赤诚感染大众、回报自然、链接世界……

感谢磨铁和吸铁猫，铁的感情，铸成铁的事实。

纯诗作为一种关于痛苦生活的诗意编织形式
——评《痛苦典当行：南人诗歌绘本》

文：方闲海

2022年2月24日乌克兰时间凌晨4点，俄罗斯出兵乌克兰。当天，有摄像机捕捉到一位乌克兰妇女在街头斥责手握武器的俄罗斯大兵："你为什么要来到我们的土地上？至少往自己兜里放点种子吧，这样当你被埋了之后它就有养料长成向日葵了。"……显然，这是人和人之间的敌对关系被逐渐推向绝对化的过程中还不算最糟糕的情景，因为这里毕竟还有语言交流，幸存的语言交流当然也可被视为一种痛苦生活的诗意。"诗意"在此是一种让人深入理解事件本质的催化剂，而不是诗与"美好情感"发生必然关系的中介。往往，人们对诗意的浪漫化，其实是对诗以何面目存在于人类精神世界的一种严重误解。

不久前，我读了南人的这一首《1917年的草地》并留下了深刻印象——

草地上
一个士兵死了
另一个士兵抱着他

风吹着士兵的头发
像吹着一块草皮

在1917年，世界上最轰动的事件无疑是俄国爆发了十月革命。在1917年的中国，胡适于1月1日发起了文学改良运动，中国新诗即将脱胎而出。而1917年的草地，遍布于动荡的世界各地，一战正在进行，到处生长着死亡的痛苦。

痛苦犹如草皮，被风吹着，沿历史长廊，不知不觉地已蔓延至2022年的世界。也不知从何时起，痛苦，这一门人类的大生意就被睿智的南人专营上了。他不但写下了《痛苦典当行》这一首当代杰出的诗，并且以此诗题命名这一本诗集，奠定了诗集的基调。《痛苦典当行》似乎也回应了叔本华关于痛苦的著名观点："每一部生命史就是痛苦史"或"生活是一个苦工，人人都须做之"。而加缪说得更像是临床诊断："当对幸福的憧憬过于急切，那痛苦就在人的心灵深处升起。"但事实上，并不是每个人都有过"对幸福的憧憬"，很多人甚至为了苟活而不知"痛苦"何在。其实在资本主义浪潮席卷全球之前，人早已因出卖劳动力（当然包括生殖力）而变相地成为可估值的"商品"。而南人敏锐地发现了痛苦也是附属于人身上的一种精神类"商品"，并且可以用来典当。

如今，现实的日常斗争几乎都围绕着关于现代各类"商品"的估值问题：有用或无用，尊贵或下贱……实质都是关乎人的生存和信仰的一种安全感。而升腾在利益斗争中的所谓正义，有时只是虚伪而貌似正确的道德幌子。目前，全人类意识形态的陷阱已深不可测。从国宴到明星婚礼，它们完全都可以编织到同一个惊涛骇浪的海平面。但又怎能消除掉海平面上的其中一朵浪花（它们都那么富有诗意）？除非每个人都真正体验到了自己只是汪洋中的一条船且无法自救，否则我们永远不可能见识到这个海平面底下人性黑暗无限涌动的整体性。不难预见，在这个疫情时代，悲观主义将从之前人们所历经几十年的全球物质消费狂欢中大量分泌出失落情绪并重新填充一张张空洞的脸。"幸运者和不幸运者并肩坐在我的对面 / 他们把自己的影子摊在我的腿上"《教堂内的影子》。若说诗人能回报给生活什么，不如说生活需要诗人的回应。"缺乏回应已经损坏了许多诗人，通过非常多的方式，其最终结果是那个臭名昭著的因果之间的均衡——或恒真命题：沉默。"这是布罗茨基在评论诗人德里克·沃尔科特的文章《潮汐的声音》里所提到的。南人写这一本诗集，确切无疑，就是对当下现实的一种积极"回应"。令我敬佩的是，诗人有效地抑制了愤怒。抑制愤怒的意义在于避免诗人在诗歌中滑向泛滥的抒情和口号。"愤怒出诗作",据说出自古罗马诗人尤维纳利斯的一首讽刺诗中,它并不完全是指诗人一味地笼罩在愤怒情绪里写出骚动不安或雄辩的诗歌,也应包括诗人待所有愤怒沉淀之后,那些炽烈的痛苦结晶将跟语言自然地结合并发生化学效应,从而铸造出具有静穆气质的诗歌,让人沉思。当然卡夫卡的思考也可供我们进行自我辩解,他写道:"永远也无法理解,对几乎任何想写作的人来说,怎么居然能够在痛苦的同时把痛苦外物化。"毋庸讳言,痛苦是人生的必然;而诗歌天然地直面痛苦,并且能够用语言有效地隔离出另一个跟现实相抗衡的精神世界。正是在这个意义上,诗歌完全不同于新闻或"事实",诗歌有反世俗的精神层面或职责,并成为社会思想文化领域的"激进主义"最重要的创造形态之一。

过去,我对南人诗歌的印象主要停留在他的组诗《致L》,在2007年,我曾评论他那一组爱情诗给轰轰烈烈的"下半身诗歌运动"画上了一个真正的句号。《致L》并不是南人诗歌创作的常态,这一本诗集的写作却是。南人总体的诗歌风格有时会让我联想起日本著名的诗人寺山修司,他们都有从简洁的诗行间一跃而起的想象力、机智、诡异、幽默,且作品的图像感十足。如今我阅读这一本(他与画家黄丽合作)诗画并茂的诗集,更让我确认了这多年前的读诗印象。

再读南人的诗,我体会其禅意。"后半夜 / 月光在扫着大街"《后半夜》。

再读南人的诗,我赞叹其高级的讽喻。"只能支支吾吾 / 回答一个嗯字 / 可你一个劲儿地 / 嗯嗯嗯嗯嗯嗯嗯嗯"《返猪现象》。

再读南人的诗,我感受其寸拳似的爆发力。"所有的乌鸦 / 全跑了 / 只剩满山 / 雪白的枝丫"《一夜头白》。

诗歌如果仅仅停留于个人情绪的编织,就不可能从感性里转换出抽象意义的、可触摸的每一个词的物质性。词的物质性是构筑一首诗的坚实基础,它不仅仅来源于肥沃的日常口语,也来源于书面语、历史和神话,并体现出时代和生活的打磨痕迹。能讲究到每一个词的诗人,我以为都属于纯诗写作者。法国后期象征主义诗人保尔·瓦雷里建立了纯诗最重要的理论框架，使纯诗成为一种流行的命名。纯诗往往注重词与词的建筑意义或音乐对位法，并通过编织具象语言而有效地抵达人的诗意感知层面（特朗斯特罗姆诗语："是语言而不是词"）。瓦雷里指出：纯诗事实上是从观察推断出来的一种虚构的东西，它应能帮助我们弄清楚诗的总的概念，应能指导我们进行一项困难而重要的研究——研究语言与它对人们所产生的效果之间的各种各样的关系。他还认为，说"纯诗"不如说"绝对的诗"。无疑，瓦雷里的纯诗为我们界定了诗歌中感性和理性的运作和分配，却也使人们经常误解其"绝对的诗"之含义，以为纯诗便是单一地指向"为诗歌而诗歌"，或是提纯到"事实的消亡"和形式的抽象，从而偏离了瓦雷里所指出的诗人的"虚构"必须建立在"观察"基础上的认识论实质。当然，诗人的观察可能迥异于视觉艺术家的观察。诗人更敏感地观察到世界依赖于词的存在，词有呼吸，词有色彩，词有温度，词有轻重，词有大小，词有善恶……对于纯诗诗人来说，词是命名世界的首要基础，世界就是一个由词无限绵延而生成的景观，"在现代诗歌中，各种关系只不过是词的扩张"（罗兰·巴特），词催生了丰富而蓬勃的语言，接着是语言建立了各种意义相互冲突及抵消的嘈杂世界。基于对由词链接成了人类整个语言世界的客观认识，如同人们见证着一个婴儿的成长也依赖于词，纯诗诗人才有可能保持表达的欲望并随时能感觉到语言在自己的内心生长，这便是诗意即将成型的唯一前奏，便是诗人荷尔德林所说的"一切都开始在神吟诵的唇边颤动"。譬如南人写出的下面这一首钻石级的"绝对的诗"《铁》，其天才的灵感和语言技艺的锤炼，已达到了水乳交融的境地——

在铁里游泳的

除了锈之外

还有一些

铁一样的想法

南人偏爱写短诗，在诗意的浓缩性上，他能感知到每一个词的分量，喜欢运用简单的词编织生动的意象，举重若轻地处理各类题材，从而形成了自己的诗歌语言风格。

可以说，南人的诗歌是中国目前纯诗写作的一种典范。当然，曾作为先锋的下半身诗歌流派的代表诗人之一，南人诗歌的面相并不单调，有其必然的丰富性；但若评估他整体的诗歌创作倾向，"纯诗"无疑是他一贯的内在气质。在新世纪以来的"口语诗"及"后口语诗"呼啸而至的当代汉语诗歌潮流中，我认为南人自觉地避开了这关乎诗歌语言风格的时髦标签。他的诗歌显得如此凝练、结实，诗和思如影随形的复调构筑了一个个精彩的语言装置，修辞并未被他看作低级的写作手段而是用来自如地编织诗意的光影。迥异于当今大量平庸的"感悟体"口语诗歌，南人的诗歌通过其对口语（包括书面语）的过滤和塑造，总能冷静地穿透现实模型（或图像感）而抵达诗歌所悬置的诗性的形而上，发人深省。

纯诗何为？纯诗是否已过时？中国当代诗歌还需要纯诗吗？诸多问题，我跟南人完全没有探讨过，我也从未听闻他曾自称是一个纯诗写作者。当然，我也并非一定要把"纯诗诗人"的桂冠安在南人头顶上，而是说，我们在这个时代重新思考"纯诗"，是否还可以因此获取诗歌写作的某种新意甚至先锋性？它既不同于中国伟大的古典主义诗歌的纯诗传统，也不同于瓦雷里所张扬的西方现代主义的纯诗传统。我认为完全存在这种创造的可能性。其实，令人脱帽致敬的中国"第三代诗人"几乎都经历过纯诗的写作阶段并有过探索（有的还在进行），并已将汉语诗歌的纯诗传统推进到了富有现代精神气息、价值观更多元化的写作维度。纯诗概念，西方的诗学史一般认为最早出自诗人波德莱尔评论爱伦·坡的文章《再论埃德加·爱伦·坡》（发表于1857年），因波德莱尔提及了"所有热爱纯诗的灵魂"。而纵观中国的百年新诗史，在20世纪20年代后期便开始出现了"纯诗运动"，我以为有两个人的观点值得细究。一是作为坚定的"纯诗"推动者、创造社发起人之一的诗人穆木天，他激进地认为胡适（倡导"以文为诗"的诗学理论造成了新诗的高度散文化）是中国新诗运动的最大罪人；二是曾结识瓦雷里而回国后做了中国最权威的"纯诗"阐释者、诗人及翻译家的梁宗岱先生，他提出纯诗诗人要"热热烈烈地生活"，这观点提示了现实和诗歌创作得以进行互动的某种契机，也意味着纯诗对诗人所遭遇的生活必将要有容纳及反映。尽管，纯诗确实是一种真真切切的"审美现象"，关联了尼采所深究的"存在与世界"的思想，但纯诗传统无论在中西方，其在美学上都有不断演化。布莱希特在《流亡风景》一诗中，称自己是"不幸消息的通报者"。这通报者，其实一直也是现代汉语诗人勇于承担的角色。通报的回声代代相传，而回溯百年新诗史，我们能察觉到从当代诗人的视角所通报的"不幸消息"显得越来越微观甚至琐碎，诗人普遍调低了诗歌的话筒音量，从面朝集体的苦难而更多地转向个人的遭遇，而纯诗往往最容易成为彰显个人化写作的一个标记。南人的写作却表明了诗依旧可以建立在日常经验的基础上往大我里写，但必须挑战想象力的极限，绝不可牺牲艺术性。如此，当艾略特在《传统与个人才能》里提出当诗歌作品淡出它创作的时代背景之后还能留下什么价值——这关于创作的终极性问题——几十年之后，将会继续启发我们以更包容的心态去理解甚至拓展当代"纯诗"。

"人类历史 / 不过是 / 一些人扯下另一些人遮羞的树叶 / 一些人将另一些人重新打趴在地"。南人这首《人类史》如同他摁出了一张具有无限景深的关于人类史的快照，果断地揭示出人类命运的荒诞真相。

通过这一本诗集，慈眉善目的南人有效地构建了"一种关于痛苦生活诗意的编织形式"，在他色泽清亮、语调平缓冷静的诗行中，处处浸透着其人世感受之悲凉，《门牙》也可视为其代表诗作之一，起笔随性，意境开阔奇崛。南人在我一厢情愿所指认的"纯诗写作"中投射了悲悯情怀，在他诗里找不到一丝的"自我感动"。南人将诗歌写作和日常生活的对应关系竟安置得如何？我其实不得而知。凭我感觉，或许他恰如司空图所言："倘然自适，岂必有为。若其天放，如是得之。"南人认为自己的诗歌是"解药"，我非常认同。如果一个诗人不抱以消极虚无主义去拒绝诗歌对于内心的片刻照亮和启示作用，那么其所写下的诗歌必将会处于一种精神练习的常态，必将揭示出诸多疲惫不堪的生活之幽暗，必将存有能够慰藉读者、给人以希望的积极一面。但如果我们从荒诞主义的理念去慎重地理解人生，诗歌的"解药"作用却是微乎其微的，不容乐观。加缪也曾说过，"重要的不是治愈，而是带着病痛活下去"。但无论如何，生活里有否"解药"，总会让人生多少变得不一样。或许，南人所在乎的，正是这微乎其微的作用，这将是他今生今世的功德。我读完整本诗集，有一个感想却是无比清晰的：南人诗歌作为"解药"的独家配方，应是他融合了天才般的幽默和想象力的意象品质，以及他丰富而敦厚的人性，而这，在汉语诗歌里几乎无人可复制。

2022年3月于杭州梅家坞

图书在版编目（CIP）数据

　　痛苦典当行 : 南人诗歌绘本 / 南人著 ; 黄丽绘. —
呼和浩特 : 内蒙古人民出版社, 2023.3
　　ISBN 978-7-204-17332-7

　　Ⅰ. ①痛… Ⅱ. ①南… ②黄… Ⅲ. ①诗集—中国—
当代 ②插图（绘画）—作品集—中国—现代 Ⅳ. ①I227
②J228.5

　　中国版本图书馆CIP数据核字（2022）第257430号

痛苦典当行：南人诗歌绘本

作　　者　南　人
绘　　者　黄　丽
责任编辑　张桂梅
书籍设计　周伟伟
出版发行　内蒙古人民出版社
地　　址　呼和浩特市新城区中山东路 8 号波士名人国际 B 座 5 楼
网　　址　http://www.impph.cn
印　　刷　河北鹏润印刷有限公司
开　　本　787mm×1092mm　1/24
印　　张　5.75
字　　数　106 千
版　　次　2023 年 3 月第 1 版
印　　次　2023 年 3 月第 1 次印刷
书　　号　ISBN 978-7-204-17332-7
定　　价　46.00 元

如发现印装问题，请与我社联系。联系电话：（0471）3946120　3946173

磨铁读诗会·绘本系列

《痛苦典当行：南人诗歌绘本》
南人 著 黄丽 绘

《危险是真的危险，美是真的美》（近期出版）
里所 著绘

磨 铁 读 诗 会